Houghton Mifflin Harcourt • Boston New York

Quizás algo HERMOSO

CÓMO EL ARTE TRANSFORMÓ UN BARRIO

por F. Isabel Campoy
y Theresa Howell

ilustrado por
Rafael López

En el corazón de una ciudad gris vivía una niña
a la que le gustaba garabatear, dibujar, colorear y pintar.
Cada vez que veía un papel en blanco,
Mira pensaba
Ummm, quizás. . .
Y por eso, su cuarto estaba lleno de color
y su corazón repleto de alegría.

Un día, de camino a la escuela,
Mira le dio una manzana redonda al Sr. Henry,
el dueño de la tienda al final de la calle.
Le dio una flor a la Sra. López,
la mujer de los ojos brillantes.

Le dio un pájaro cantor al Sr. Sax
y un corazón rojo al policía
que caminaba las calles de arriba abajo.
De camino a casa, Mira pegó en la pared
un sol radiante para tapar las sombras.
Su ciudad era un poco menos gris, pero no mucho.

Al día siguiente, Mira vio a un hombre
con un bolsillo lleno de pinceles.
Estaba contemplando la pared.
Miraba a su sol.
Formando un cuadrado con los dedos
miraba detenidamente entre ellos.
—Umm. . . —dijo pensativo.
—¿Qué ve? —preguntó Mira.
—Quizás. . . algo hermoso
—contestó el hombre.

Entonces, de repente, mojó su pincel en pintura.

¡BUM! ¡PAM!

Las sombras se escabulleron.
Un cielo azul apareció borrando la tristeza.
La risa del hombre era como un arcoíris
esparciéndose a través del cielo.

—¿Quién eres? —preguntó Mira.

—Soy un artista —dijo. —Soy muralista.

¡Pinto en las paredes!

—Yo también soy una artista —le dijo ella.

El hombre le ofreció a Mira un pincel.

ENTONCES, ¡VAMOS!

Mira mojó su pincel en el más vivo color.

¡YUU! ¡WI!

La pared se iluminó como un amanecer.

Mientras el hombre dibujaba figuras en los ladrillos,
¡Mira les añadía color, fuerza, chispa!
Muy pronto se les unió el Sr. Sax.
Luego llegaron otros.
Todos pintaban al ritmo de la música,
¡Salsa, merengue, jazz!

¡Hasta la mamá de Mira pintaba
y bailaba el chachachá!
El barrio entero se convirtió en una
gigante fiesta.
Hasta que. . .

. . .se acercó el policía.

¡Oigan! —dijo.

La música paró. Mira dejó su pincel.

Seguro que estaban metidos en un lío.

El agente se aclaró la voz, hizo una pausa.

¿Podría pintar con ustedes? —preguntó.

Mira le ofreció un pincel.

Y volvió a escucharse la música.

Maestros y padres se unieron al grupo.
¡Incluso bebitos!
Mira y el hombre les fueron dando pincel tras pincel.
El color se extendió por las calles.
Y también la alegría.

Dondequiera que iban Mira y el hombre,
el arte los seguía como la cuerda de una cometa.
Y cuando acabaron de pintar las paredes,
pintaron las cajas de electricidad y los bancos donde
se sentaba la gente.
Decoraron las aceras con poesía y luz.
Y todos bailaron.

Juntos habían creado
algo más hermoso
de lo que jamás imaginaron.

Cuando se habían salpicado la ropa con un millón de colores,
todos se sentaron a descansar —excepto el muralista—.
Sus ojos resplandecían.
Ustedes, amigos míos, son todos artistas —les dijo—.
El mundo es su lienzo.
Sonrió y luego unió todos los dibujos
con grandes trazos.
Su pincel era como una varita mágica.

Cuando terminó, Mira añadió
un pájaro más,
allá arriba en el cielo.
Quizás, pensó. *Simplemente quizás. . .*

NOTA DE LAS AUTORAS

Quizás algo hermoso se basa en una historia real. Hubo un tiempo en que el East Village, cerca del centro de San Diego, en California, que hoy tiene tanto color, no tenía murales en sus paredes, ni frases de Gandhi, Martin Luther King y César Chávez escritas en sus aceras. Los bancos donde se sentaba la gente no eran las obras de arte que hoy se ven, y quienes allí vivían no eran parte de la vibrante comunidad que son hoy. En su lugar, las calles eran grises y sombrías. Pero un día, un equipo formado por marido y mujer—él un artista, ella una diseñadora gráfica y líder de la comunidad—se mudaron a vivir allí y transformaron su barrio en un lugar lleno de belleza.

Rafael y Candice López diseñaron un plan que uniera a la gente para crear arte, que su barrio se convirtiera en un lugar más hermoso para todos. Convocaron reuniones en su casa para compartir su idea. Invitaron a todo el mundo —policías y grafiteros, maestros, padres y madres solteros, niños, personas sin hogar y más—. Con la ayuda de muchos nació el Sendero de Arte Urbano, y voluntarios de todas las edades, raza y origen se comprometieron a un objetivo común: revivir su comunidad a través del arte.

Primero fueron los murales titulados *La alegría de la vida urbana* y *La fuerza de la mujer*. Luego la comunidad pintó con colores brillantes las cajas de la electricidad y los

bancos. Crearon mosaicos que colocaron alrededor de los árboles a lo largo de las calles.

Rafael y Candice se dieron cuenta que en su barrio la gente caminaba cabizbaja y entonces escribieron poemas con hermosa caligrafía en las aceras. Poco a poco, todo el barrio se convirtió en una obra de arte—y en inspiración para cuantos allí vivían—.

El impacto del arte en el barrio fue creciendo. Algunos de los bancos pintados se subastaron y el dinero proporcionó clases y becas para estudiantes en situación de riesgo que estaban interesados en el arte. Llegaron visitantes para admirar aquello, y hubo donaciones grandes y pequeñas.

Y lo que en algún momento pareció un sueño imposible se convirtió en un distintivo del East Village de San Diego.

El movimiento que dio pie al Sendero de Arte Urbano se extendió ampliamente. Comunidades a través de los Estados Unidos han comisionado los murales de Rafael, y barrios en lugares tan distantes como Canadá y Australia han implementado el modelo de arte basado en la comunidad.

Quizás algo hermoso, ilustrado por el muralista que lo inspiró, se escribió en honor a Rafael y Candice López y todos los líderes silenciosos de nuestros barrios. Es una invitación para transformar no solo las paredes y las calles de nuestras ciudades sino también los corazones de nuestras comunidades.

Para Alma Flor Ada, compañera en transformaciones mágicas —F.I.C
Para Ella y Sylvia, que traen el arte y la luz a mi vida cada día —T.H.
Para el patio de juegos de las posibilidades —R.L.

 • hmhco.com • The illustrations in this book were created with a combination of acrylic on wood, original photography, and digital art. The text type was set in Humper. • The display type was set in Clair De Lune. Design by Sharismar Rodriguez • Library of Congress Cataloging-in-Publication Data is available. • ISBN 978-1-328-90406-5 • Manufactured in China • SCP 10 9 8 7 6 5 4 3 2 1 • 4500693221